J.A.M. Mensinga

Ueber alte und neuere Astrologie

Anatiposi

J.A.M. Mensinga

Ueber alte und neuere Astrologie

Unveränderter Nachdruck der Originalausgabe von 1871.

1. Auflage 2023 | ISBN: 978-3-38220-182-1

Anatiposi Verlag ist ein Imprint der Outlook Verlagsgesellschaft mbH.

Verlag: Outlook Verlag GmbH, Zeilweg 44, 60439 Frankfurt, Deutschland
Vertretungsberechtigt: E. Roepke, Zeilweg 44, 60439 Frankfurt, Deutschland
Druck: Books on Demand GmbH, In de Tarpen 42, 22848 Norderstedt, Deutschland

Ueber

alte und neuere Aſtrologie.

Von

J. A. M. Menſinga,
Mitgliede der archäologiſchen Geſellſchaft in Athen, u. a. g. G.

Berlin, 1871.
C. G. Lüderitz'ſche Verlagsbuchhandlung.
Carl Habel.

1873, May 2.
Farrar Fund.

$\mathfrak{V}$on allen Wiſſenſchaften, allen Gegenſtänden, an welchen der menſchliche Geiſt ſich geübt hat, iſt keine einem ſo ſeltſamen Schickſale unterworfen geweſen, als die Aſtrologie. Von keiner gilt es ſo ſehr: tolluntur in altum, ut lapsu graviore ruant (ſie werden hoch gehoben, damit ihr Fall deſto ſchwerer ſei). Es erſcheint heutzutage als eine Profanation, ihr den Namen einer Wiſſenſchaft beizulegen; und dennoch iſt ſie einmal — nicht bloß methodiſch behandelt, ſo gut wie jede, und beſſer wie manche an= dere, ſondern ſie war damals die begehrteſte von allen, nach be= ren Kenntniß Viele noch eifriger ſtrebten, als die Philologen am Ende des Mittelalters nach dem Beſitz des Griechiſchen oder Ebräiſchen; — zudem Mutter und Schweſter zweier anderer Wiſſenſchaften, die heutzutage an der Spitze des wiſſenſchaftlichen Fortſchrittes ſtehen.

Zwar empfanden auch andere Wiſſenſchaften dieſen Wechſel alles irdiſchen Glückes: die Heraldik z. B. iſt auch eine „gefallene Größe"; früher nothwendiger Beſtandtheil des Unterrichts der höheren Stände, Hauptartikel in den „Encyclopädien für Edel= leute", hat ſie jetzt als niedrigſte der hiſtoriſchen und antiquari= ſchen Hülfswiſſenſchaften kaum noch ein beſcheidenes Plätzchen. Und auch die höheren akademiſchen — die ehemals „hochheilige" (SS.) Theologia, die früher das akademiſche Primat bekleidete, und nicht weniger die Philoſophie haben den größten Theil ihres „Preſtiges" eingebüßt. Aber, wenn dieſe auch ſelbſt noch tiefer ſinken ſollten, ſo tief wird doch keine fallen, wie die Aſtrologie;

diese steht mit ihrem Schicksal einzig in der Geschichte der Wissenschaften. Sie zeugt, ebenso und mehr als die andern, daß es auch in der Geschichte der Bildung „Formationen" giebt, in welchen die Menschheit anders gedacht und gearbeitet hat, als später, sie ist wie ein versteinerter Ueberrest, ein Paläotherium aus der wissenschaftlichen „Tertiärzeit", für welche uns das Verständniß abgegangen ist.

Die Kenntniß der Astrologie und ihrer Geschichte hat jetzt keinen anderen als antiquarischen Werth. Sie ist indessen keine bloße Liebhaberei oder Spielerei. „Homo sum, nihil humani a me alienum puto" (ich bin Mensch, ich fühle Interesse für Alles, was menschlich ist); Alles, woran der menschliche Geist sich geübt und entwickelt hat, hat Interesse. — Auch ihre Geschichte bietet mehr als einen anregenden Theil, mehrere für die Geschichte der Entwickelung der Menschheit wichtige Fragen. Und möge der Staub jetzt auch fingerdick auf den alten astrologischen Folianten in den Bibliotheken liegen, sie sind einmal von ernsten und weisen Männern fleißig gebraucht; so öde jetzt auch diese Pfade sein mögen, sie waren einmal belebt, man begegnet da, wenn auch keinen Lebenden mehr, doch den Schatten großer Geister. — Wie klar auch das Licht der wiedergeborenen Wissenschaften am Anfang des sechszehnten Jahrhunderts, der Zeit der Cinquecentisten, schien, doch stand die neuere Astronomie damals noch in voller Blüthe. Sogar Melanchthon, der doch ganz gewiß kein Beförderer des Aberglaubens war, glaubte nicht allein an dieselbe, sondern edirte sogar eine der alexandrinischen astrologischen Schriften, den dem Ptolemäus zugeschriebenen Tetrabiblos (Basel, 1553; die erste Ausgabe, Nürnberg 1535, war von Camerarius besorgt). Die Frage, wie dies möglich gewesen, wie dieses sich erklären läßt, ist eine so interessante und wichtige, als es wenige andere in der Geschichte der Menschheit giebt.

Daß die Aſtrologie die Mutter, wenigſtens die Pflegerin der Aſtronomie geweſen, iſt allgemein bekannt, ebenſo wie die Alchy= mie der Chemie den Urſprung gegeben hat. Die Aſtrologie war der Hauptzweck, um deſſentwillen, bei den Orientalen wenigſtens, die Aſtronomie cultivirt wurde. Dies iſt ſehr begreiflich. Die letztere war und iſt, wenn auch eine der edelſten und erhabenſten, dennoch, wenn man allein auf den praktiſchen, gewinnbringenden Zweck Werth legt, eine von den unfruchtbarſten Wiſſenſchaften; bei keiner iſt das Verhältniß zwiſchen dem direkten Gebrauch und der Arbeit, welche ſie koſtet, ſo ungünſtig [1]; namentlich im Al= terthum, wo die Schifffahrt ſich auf die Küſten beſchränkte und die Kenntniß des Polarſterns für den nautiſchen Gebrauch aus= reichte. Beſonders war die Kenntniß der Planetenläufe ohne anderen als rein wiſſenſchaftlichen Nutzen. Die Aſtrologie aber bot eine direkte und in dem damaligen Begriff höchſt wichtige Verwendung. Die Fortſchritte, welche die Aſtronomie im Alter= thum und Mittelalter gemacht hat, ſind daher größtentheils dem aſtrologiſchen Bedürfniß zuzuſchreiben. Ohne dieſes Bedürfniß wären die arabiſchen und chriſtlichen Planetentafeln des Mittel= alters ſchwerlich berechnet worden. Selbſt auf die Einrichtung der von Kepler und Tycho de Brahe, beide Aſtrologen ſowohl als Aſtronomen, berechneten „rudolfiniſchen" Tafeln, die in 1626 erſchienen, hatte die aſtrologiſche Benützung Einfluß, und es war hauptſächlich dieſes Intereſſe, welches Kaiſer Rudolf, einen großen Verehrer der Aſtrologie, dazu beſtimmte, die Ausgabe zu begün= ſtigen.

Weniger allgemein bekannt iſt ihr ehemaliges Verhältniß zu der Medicin. Wie eng dieſes geweſen iſt, iſt erſichtlich an dem ehemals gangbaren Spruch: Wenn die Anatomie das rechte Auge der Medicin iſt, ſo iſt die Aſtrologie ihr linkes. Die Kräuter wurden unter planetariſchem Einfluß geſucht, die Medicamente, um recht kräftig zu sein, unter solchem Einfluß zubereitet und zugedient; die verschiedenen Körpertheile, namentlich die inneren, standen unter der Regierung je Eines der Planeten; herrschende Krankheiten wurden planetarischen Ursachen zugeschrieben; jeder Planet hatte sein eigenes Metall, dessen übereinkommende Anwendung bei der Heilung versucht wurde.

Wohl brachte der übrigens wunderliche Paracelsus dieser monströsen Verbindung derbe Hiebe bei, aber noch lange nach ihm spukt die Astrologie in verschiedenen Zweigen der Heilwissenschaft. Die letzten Ueberreste derselben finden sich noch heutzutage in der pharmaceutischen Nomenclatur (Crocus Martis, Saccharum Saturni ꝛc.). Daher, daß so viele der Astrologen, auch noch in späterer Zeit, von Fach Mediciner gewesen sind.

Was den historischen Gang der Astrologie anbetrifft, so haben bekanntlich wir, d. i. die europäischen Astrologen, dieselbe von den Arabern; diese hatten sie von den Alexandrinern. Vor ihnen betrieben die Aegypter und Babylonier dieselbe. In älterer Zeit war sie bei ihnen Eigenthum der Priester und der Magier; nach einem Zeugniß des Strabo aber hatten die Ersten im Anfang der Kaiserzeit sie schon verlassen; die Magier bestanden schon seit lange nicht mehr als geschlossene Kaste.

Welches von den beiden Völkern sie erfunden habe, und ob das andere sie von diesem gelernt, ist eine offene Frage. Die Cultur der Aegypter ist zwar weit älter als diejenige der Völker am Euphrat und Tigris, daher möchte man an jene denken; allein es ist fast einstimmiger Bericht der Alten, die Aegypter sollen sie von den Babyloniern gelernt haben. Wenn ihren Ueberlieferungen zu trauen ist, sollen die astronomischen Observationen, welche die Babylonier auf Ziegeln (die später aufgefundenen und gelesenen Thoncylinder) verzeichneten, zu einem sehr hohen Alter, wenigstens eben so hoch wie die ägyptischen, hinaufgereicht haben.

Wären wir mit der Methode der beiderseitigen Astrologen genau bekannt, so könnte dieses vielleicht die Frage lösen: allein über diese lassen uns die Alten ungewiß, und die neueren Entdeckungen haben bisher auch noch keine Auskunft darüber gegeben. Es liegt übrigens nichts Unmögliches noch Unwahrscheinliches in der Annahme, daß die alte ägyptische Cultur, trotz ihrer Höhe, doch die Astrologie noch nicht umfaßte, und daß sie diese erst später von den Babyloniern gelernt haben.

Uebrigens haben auch andere Völker Sterndeuterei getrieben; die Chinesen sind stark darin; selbst in Amerika sind Spuren gefunden, die auf alte Astrologie gedeutet werden. Ob sie selbstständig gearbeitet haben, könnte ebenfalls durch Vergleichung der Methoden entschieden werden. So viel scheint indessen gewiß, daß bei allen diesen Völkern, wenigstens insofern sie selbstständig Planetologie getrieben haben, ein Sterndienst, eine Personification und Vergötterung der Planeten stattgefunden hat; ohne diese hat, wie wir sofort darthun werden, keine Astrologie entstehen können.

Ganz im Gegensatz zu den Babyloniern und Aegyptern, wo die Astrologie ein heiliges, priesterliches Geschäft war, stand sie bei den Griechen und Römern in sehr wenig Ansehen. Zum Theil vielleicht, weil sie eine „barbarische" Kunst war, zum Theil aber auch, weil diese Völker im Allgemeinen weniger phantastisch, mehr nüchterne und klare Denker waren als die Orientalen. Zur Kaiserzeit, wo so vieles Orientalische in Rom Eingang fand, kam sie dort zwar in Aufnahme, aber niemals in Achtung. Horaz hält es für etwas Gottloses (nefas), die „babylonischen Zahlen" zu befragen; Gellius spottet derselben, Juvenal verachtet sie — Sie und ihre Pfleger kommen hier jetzt vor unter den Namen: Mathesis, Mathematici, Chaldaei, Babylonii; später genethliaci, planetarii (beide zusammen bei Augustinus, Confess

lib. 4. c. 3). Das Wort astrologia gebrauchte Aristoteles so=
wohl als Cicero synonym mit astronomia; meinten sie die Stern=
deutung, so sagten sie: astrologia apotelesmatike (bestimmende
A.) oder einfach das Letztere, die Lateiner astrologia judiciaria
(beurtheilende A.). Diesen Ausdruck haben sämmtliche romanische
Sprachen (franz., ital., span.) beibehalten, in welchen derselbe oft
von Fremden und Uebersetzern mißverstanden wird, namentlich
die französische astrologie judiciaire.

Bei den Juden war sie verpönt, nicht nur weil frembländ=
disch, sondern auch weil ihrer Religion zuwider. Die christliche
Kirche hat genau ihre Spur befolgt, und die Astrologie, obgleich
sie an ihre Möglichkeit glaubte, als eine Gottlosigkeit verdammt.
Augustinus bedauert es, in der angezogenen Stelle, als eine
schwere Sünde, daß er sich mit derselben abgegeben hatte; Ter=
tullian eifert sehr gegen sie, mehrere Concilien verdammen sie
als „Teufelswerk"; — ebenso später die Scholastiker. Bei diesem
Urtheil sind, auch in späterer Zeit, alle Confessionen geblieben;
mehr noch des Antireligiösen, des Diabolischen, welches sie in
derselben erblickten, als des moralischen Nachtheils wegen. —
Desto merkwürdiger ist es, daß mehrere Theologen sich mit der=
selben beschäftigt haben. Auf eigenthümliche Weise winden sich
die Casuisten hindurch: „Daß Alles, was geschieht, in den Ster=
nen vorbestimmt ist, steht fest; nun sei es wohl erlaubt, dasjenige
aus denselben zu weissagen, was sich naturgemäß und nothwen=
dig aus denselben entwickelt, worunter auch Krieg, Pestilenz, so=
wie die Constitution eines jeden Menschen, nicht aber dasjenige,
was vom Zufall oder menschlicher Willkür abhängt; dieses könne
man nur durch Hülfe des Teufels, und zwar vermittelst indirek=
ter Anrufung (invocatio implicita) aus den Sternen heraus=
lesen (während bei Schwarzkunst, Nekromantie u. dgl. eine direkte

Anrufung erforderlich sei); dieses Letztere sei also, weil Teufelswerk, verdammlich, und zwar Todsünde, peccatum mortale."

Wir sprachen von der Methode. In Hinsicht derselben ist
namentlich zu unterscheiden zwischen der vulgären und der wissenschaftlichen, astronomischen Astrologie; letztere wäre, zur besse-
ren Unterscheidung, lieber Horoskopie zu nennen. In der erstge-
nannten wurden, ebenso wie jeder Tag der Woche unter einem
Planeten stand, auch die Jahre, zu je sieben, denselben zur Regierung angewiesen; ebenfalls die Monate und die Tagesstunden;
die Monate hatten überdies die Zeichen des Zodiaks. Aus diesen Elementen wurde das astrologische Urtheil (judicium) für
eine gegebene Zeit, sei es in Hinsicht auf eine Geburt oder auf
eine vorzunehmende Handlung oder Sonstiges, zusammengesetzt.
Es ist klar, daß hierbei weder astronomische Tafeln noch Observationen noch überhaupt Kenntnisse nöthig waren.

Aus den Zeugnissen des Alterthums scheint hervorzugehen,
daß die Aegypter sich dieser Methode bedient haben; ob auch der
Horoskopie, ist ungewiß. Die neueren Entdeckungen, die überhaupt wohl über ihre Astronomie (z. B. die beiden Zodiake von
Denderah), nicht über ihre Astrologie Licht geben, haben das Letztere nicht dargethan.

Die Horoskopie benützte, als einziges Material, den Stand
der Planeten und des Zodiaks auf der gegebenen Zeit, deren
"Prognostikon" gestellt werden sollte; sie arbeitete theils mit dem
absoluten Stand derselben, theils mit dem relativen (den Aspekten)
und leitete daraus noch verschiedene Combinationen ab. Daß
diese ältesten Völker noch keine vorausberechneten Planetentafeln
hatten, giebt keinen Einwand gegen die Möglichkeit der Uebung
der Horoskopie; für einen gewissen, gegenwärtigen Augenblick
diente ja die momentane Observation, für die Vergangenheit
dienten die Verzeichnisse der Observationen, welche die Priester

allnächtlich auf dem Belsthurm zu Babylon machten; wenn diese auch nur einmal am Tage zu einer bestimmten Stunde gemacht wurden, so waren sie schon hinreichend; und wenn keine große Genauigkeit erforderlich war, wozu sie ohnehin die Instrumente nicht besaßen, so konnten, wenigstens für die Sonne und die äußeren Planeten, schon wöchentliche ausreichen. Zu diesem Zweck haben gewiß die sehr zahlreichen astronomischen Observationen gedient, welche, laut Zeugniß der Alten, von den Babyloniern auf Ziegeln verzeichnet und aufbewahrt wurden.

Die Frage ist nun, welche von beiden Methoden die älteste und die Mutter der anderen gewesen sei. Wohl ist die erste die einfachste. Es kommt mir aber vor, daß die Genesis der Astrologie mit dieser Methode eben so schwer zu begreifen ist, als das Hervorgehen der Horoskopie aus derselben. Sehr denkbar ist es mir dagegen, daß diese eine Verflachung der Horoskopie gewesen sei, die man aus Bequemlichkeit erfunden, und zu welcher vielleicht das Bedürfniß, die häufige zu befriedigende Nachfrage nöthigte. Die späteren Astrologen haben oft, aus derselben Ursache, mit derselben gearbeitet. Zu der Horoskopie waren überdies nicht bloß ausführliche Berechnungen, sondern auch der Besitz der obgenannten Observationsverzeichnisse erforderlich; konnte man sich diese nicht zugänglich machen, so bot die vulgäre Methode ein Mittel dar, um dennoch der Anfrage zu genügen und quasi mit den Sternen zu arbeiten. Was die Genesis der Horoskopie angeht, darauf werden wir sofort eingehen.

Uebrigens gilt es nur von der Horoskopie, wenn wir behaupten, daß, so wohl als ihr Material wissenschaftlich, auch ihre Form, die Verarbeitung ihres Materials wissenschaftlich, rationell, consequent war. Auch dieses wird sich sofort des Näheren ergeben.

So wenig Wichtiges nun auch die specielle Geschichte der

Aſtrologie, der neueren ſowohl als der alten, bieten möge, ſo enthält ſie doch zwei für die Geſchichte der Menſchheit und ihrer intellektuellen Entwickelung ſehr wichtige Fragen. Die erſte iſt dieſe: wie iſt doch der Menſch an eine ſo bodenloſe, ſo gänzlich verfehlte Auffaſſung gekommen, und wie iſt es möglich, daß die= ſelbe ernſthaft, und in regelmäßiger, wiſſenſchaftlicher Form be= handelt iſt? — Die andere betrifft die Neuzeit: wie geht es zu, daß die civiliſirte Menſchheit, nachdem ſie im Anfang der Neu= zeit ſo große Fortſchritte gemacht, ſo viel an Aufklärung gewon= nen, doch noch ſo lange an dieſer Wiſſenſchaft, die ſie doch weder in ihrer Theorie noch in ihren Reſultaten haltbar finden mußte, mit ſo ſtarrem Glauben hängend geblieben iſt?

Die Beantwortung der erſten Frage iſt oft auf Wegen ge= ſucht, wo ſie nicht zu finden iſt. Man hat gedacht an die Be= obachtung des phyſikaliſchen Einfluſſes der Geſtirne. Niemals hat dieſe die Aſtrologie ins Leben rufen können. Wohl hat die Sonne unter allen Himmelsſtrichen einen eben ſo großen als leicht wahrzunehmenden Einfluß auf die Erde und ihre Bewoh= ner; dies iſt aber nur die Sonne allein. Da, wo Ebbe und Fluth nicht ſtattfindet, iſt von dem Mond keine Einwirkung wahrzunehmen; höchſtens werden dieſem die wenigen Phänomene zugeſchrieben, deren Zeitmaß mit dem des Mondwechſels über= einſtimmt; weiter aber kommt auch dieſes nicht; der Glaube an weitere Einflüſſe des Mondes auf die Natur iſt ſpäteren Ur= ſprunges und berührt jedenfalls die Planeten nicht. Was dieſe angeht, viel eher als ſie kommen diejenigen Sterne in Betracht, deren Sichtbarwerden (ſogen. Aufgang) für verſchiedene Breiten verſchieden, gewiſſe Jahreszeiten bezeichnet. Aus dieſen Elemen= ten hat keine Aſtrologie, namentlich keine Planetologie entſtehen können.

Ebenſowenig aus einer myſtiſchen Anſchauung des Himmels,

wie geneigt zur Mystik die Orientalen übrigens 'auch gewesen
sein mögen. Wohl lockt der besternte Nachthimmel, mit der sonderbar launig gestalteten, bunt wimmelnden Gruppirung der
Sterne vielerlei Phantasien hervor; darunter konnte auch diese
sein, daß diese geheimnißvollen Hieroglyphen da oben mit den
Schicksalen auf Erden in Verbindung stehen; namentlich bei den
alten Völkern, denen die Erde der Mittelpunkt des Weltalls, der
Himmel nur um den Willen der Erde und ihrer Bewohner da
war. Allein, bei einer fortgesetzten Beobachtung zeigt es sich doch
sofort, daß bei den Firsternen, denn von ihrer Gruppirung ist
eben die Rede, keine Bewegung, keine Veränderung der Configurationen, die eben das Geheimnißvolle sind, stattfindet, daß also
jenes Einförmige und Stehende nicht correspondiren kann mit
der stetigen Abwechslung alles Irdischen. Uebrigens erscheint
diese Idee wirklich, in viel späterer Zeit, in dem Sinne, daß die
Configurationen der Sterne eine himmlische Geheimschrift seien,
in welcher alle Weisheit und Kenntniß, insoweit auch die Kenntniß der Zukunft sowohl als der Vergangenheit, enthalten sei.
Origenes ist sehr bestimmt dieser Meinung. Noch viel später
kommt sie bei einigen jüdischen Kabbalisten vor, die sogar den
Schlüssel in der ebräischen Schrift und Sprache, weil der heili-
gen, zu finden meinten, und denselben anwendeten. Von diesen
übernahmen sie wieder einige christliche „Liebhaber der geheimen
Wissenschaften", Postel, Gaffarelli u. A. Die Wurzel der Astrologie hat aber sehr gewiß hier nicht gelegen.

Daß die Astrologie nicht auf empirischem Wege entstanden
ist, nicht dadurch, daß man den Lebenslauf ausgezeichneter Per-
sönlichkeiten verglichen hat mit dem wahrgenommenen Stand der
Gestirne bei ihrer Geburt, und aus einer Menge solcher Wahr-
nehmungen die Principien abgeleitet habe, ähnlich so wie u. A.
in der ältesten Medicin bei den griechischen Priestern, braucht

wohl nicht gesagt zu werden; es wären die möglichst entgegenge=
setzten Resultate herausgekommen. Es stimmt auch nicht mit
dem Inhalte der Astrologie; sie ist keine empirische, sondern eine
rein theoretische Wissenschaft. Wohl wurden Sonnen = und
Mondsverfinsterungen, sowie auch Kometen von jeher und bei
allen Völkern für Portenta, Vorzeichen großer Unheile gehalten;
dies würde aber niemals zu der Astrologie, wie sie ist, geführt
haben; sie geht von ganz anderen Principien aus, die genannten
Phänomene haben nicht einmal einen Platz in derselben.

Sehr Viele haben gedacht an die Lage des Landes, z. B.
die weite Ebene, die klare Luft, dabei der Aufenthalt unterm
nächtlichen Himmel beim Bewachen der Heerden. Allerdings be=
günstigte dieses die Beobachtung des Sternhimmels, d. i. die
Astronomie. Astronomie ist aber keine Astrologie. Und der Um=
stand, daß auch in anderen Gegenden der Horizont weithin sicht=
bar, die Atmosphäre durchsichtig, — auch von anderen Völkern
die Astronomie geübt, bei den Griechen schon durch die milesische
Schule, ohne daß jedoch von diesen Astrologie getrieben wurde,
beweist, daß eine andere und mächtigere Ursache ihres Entstehens
dagewesen sein muß.

Der wahre Schlüssel liegt, einzig und allein, in der Reli=
gion der betreffenden Völker; diese hat sie zur Astrologie geführt
und um ihretwillen zur Astronomie; unter Begünstigung der ört=
lichen Umstände. Nach Allem, was wir von dieser Religion wis=
sen und neuerdings zu wissen bekommen, war sie, im Grunde,
reiner Sternen=, speciell Planetencultus, der später sogenannte
Sabäismus, von welchem, in seiner reinen Form, jetzt nur Spu=
ren vorkommen. Zusammenhang mit dem benachbarten persischen
Lichtcultus war wahrscheinlich da, obgleich es nicht zu bestimmen,
ob der chaldäische Sternendienst eine jüngere Verflachung und
Popularisirung desselben, oder ob, umgekehrt, der Sabäismus

walten läßt, und diesen die Schicksale der Völker und der Menschen anvertraut sind.

Die Charaktere, welche die Chaldäer den Planetgöttern beilegten, sind wahrscheinlich theils von der Farbe ihres Lichts, theils von den Eigenthümlichkeiten ihres Laufs entlehnt, obgleich sich, selbst muthmaßlicherweise, nicht sehr Vieles darüber sagen läßt. Vielleicht haben diese sich erst festgesetzt, nachdem aus der ursprünglichen rein sidervischen Form sich eine mehr irdische entwickelt und ein individualisirter Cultus sich dieser beigesellt hatte. Ueberhaupt scheint das wenige Specielle, was wir von diesem Cultus kennen, nicht die älteste, sondern die jüngeren Formen desselben zu betreffen.

Ueber die chaldäischen Namen der Planetgötter ist man zum Theil auch noch im Unklaren. Daß der Bel (bei den Phönikern Baäl, d. i. Herr) der Hauptgott der Babylonier, mit der Sonne identisch war, ist gewiß. — Was die vielgenannte Göttin Mylitta angeht, die Archäologen sind darüber im Zweifel, ob sie mit dem Mond oder mit der Venus zusammenfalle; mehrere wollen sie mit Beiden vereinigen. Es kommt mir aber, theils aus astrologischen, theils aus anderen Gründen, ziemlich gewiß vor, daß sie nur die Letztere, die Venus ist. Der sinnliche Cultus der Mylitta, dessen Charakter dem Dienste dieser Göttin beiblieb, als sie in ihrer Wanderung nach Westen in Phönikien als Astaroth, Astarte erschien, ist bekannt und berüchtigt. Dieser aber paßt nur zu der Venus; die Astrologie schreibt diesem Planeten einen damit verwandten Charakter zu, dem Monde das Entgegengesetzte. Bei den Griechen, deren Theogonie in so vielen Theilen Verwandtschaft mit der der levantinischen Völkern und ihrer nächsten Nachbarn zeigt, hat die Selene=Artemis gleichfalls einen dem der Aphrodite [3]) entgegengesetzten Charakter.

Für den Mond wäre also die babylonische Gottheit noch zu

suchen. Bei den Alten wird mehrmals einer Göttin Beltis er-
wähnt; der Name ist offenbar die Gräcisirung einer chaldäischen
weiblichen Form des männlichen Bel. Diese wird es also wohl
sein. Daß dieses Himmelslicht von jeher als weiblich betrachtet
worden ist, ein Charakter, nach welchem auch die Sprachen, mit
Ausnahme der germanischen, sich gefügt haben, ist leicht erklär-
lich, theils aus dem Gegensatz gegen die Sonne, die doch, so wie
alles Andere, einen Gegenpart haben mußte, theils und noch näher vielleicht aus dem scheinbaren Zusammenhang des Mondlaufs
mit einer wichtigen Phase des weiblichen Lebens.

Daß unser Planet Mars der Nergal der Chaldäer gewesen,
wird allgemein angenommen. Das röthliche Licht dieses Planeten hat wahrscheinlich an Blut, und dieses wieder an Krieg
denken lassen; eines Kriegsgottes aber hat die Menschheit schon
früh bedurft, sowie sie seiner noch wohl lange bedürfen wird.
Daher auch, daß diesem Planeten nicht das röthliche Kupfer, sondern das Kriegsmetall, das Eisen, das im Oriente wohl schon
sehr früh die Bronze verdrängt hat, als Metall zugeeignet worden ist. Daß das Kupfer der Venus zufiel, kann daher rühren,
daß die Bronze für Schmucksachen, namentlich für Spiegel im
Gebrauch blieb. Man hatte übrigens nur die Wahl zwischen
Zinn und Kupfer; die anderen Metalle waren schon vergeben,
die beiden edlen selbstverständlich den beiden Hauptlichtern.

Der Saturn ist von jeher, im Occident sowohl als im
Orient, als ein ungünstiges, trauriges, schadenbringendes Gestirn
bekannt gewesen.[4]) Wenn er, wie man vermuthet, mit dem
Moloch der Syrier, identisch mit dem Melkarth der Phöniker
und Carthager, zusammenfällt, so sind die Menschenopfer, welche
diese Gottheit forderte, bezeichnend für seinen Charakter. Ich
weiß keine andere Veranlassung für diesen Charakter des Saturus
zu finden, als sein Licht, welches namentlich in Vergleichung mit

dem heiteren Glanz des Jupiter und der Venus, bleich und fahl
aussieht; daher ist ihm wohl das Blei beigegeben. Später, als
die Kenntniß des wirklichen Laufs der Planeten Fortschritte ge=
macht hatte, kann seine Lage am äußersten Rande des Systems,
also im Gegensatz gegen die heitere, helle Sonne, in Betracht
gekommen sein; wegen dieser Entfernung von der Sonne schrieb
man ihm auch eine äußerst kalte und erstarrte Natur, und eine
dem angemessene, halb astrologische, halb meteorologische Wirkung
auf die Erde zu. Allein, dieses kann bei den alten Chaldäern
noch nicht maßgebend gewesen sein. Wahrscheinlich hat hier die
Entwickelung des Cultus zurückgewirkt auf die Bestimmung des
astrologischen Charakters, ebenso wie wir dies bei dem Planeten
Venus vermuthen müssen

Merkur wurde von den Orientalen betrachtet als der Schrei=
ber des Himmels; seine astrologischen Attribute sind, im Ganzen
genommen, damit übereinstimmend, er regiert Wissenschaften,
Poesie, Musik; am Körper sind ihm die Finger zugetheilt. Sein
(wahrscheinlicher) chaldäischer Name Nabo, der den Vorsatz zu
mehreren Königsnamen abgiebt, findet sich auch einmal im A. T.
Jesaia 16 V. 1, und zwar neben dem Bel: „Bel und Nabo".
Den Ursprung dieses Charakters als Schreiber meint man darin
zu finden, daß er die Seite der Sonne niemals verläßt. Wenn
man sich erinnert, daß die alten orientalischen Könige ihre
Schreiber immer bei sich hatten, um jeden Befehl augenblicklich
zu verzeichnen, und dabei in Betracht nimmt, daß Merkur nur
ein kleiner, unscheinbarer Planet ist, der keinen sehr hohen Rang
beanspruchen kann, so ist die Muthmaßung nicht so leichtfertig,
als sie beim ersten Anblick scheint.

Von Jupiter haben wir nur wenig antiquarische Kundschaft.
In Anbetracht seines heiteren, freundlichen Glanzes am Nacht=
himmel wird man sich nicht darüber wundern, daß er, mit der

Venus, als ein gutes, freundliches Gestirn betrachtet wurde, na=
mentlich dem Saturn und dem Mars gegenüber, die, was ihren
allgemeinen Einfluß angeht, für unheilbringend gehalten wurden.

Man sieht, daß hier noch Vieles zu entdecken und aufzu=
klären ist, und zwar Gegenstände, die wahrscheinlich zu hoch hin=
auf in die Geschichte dieser Völker reichen, als daß wir große
Hoffnung hegen können, dieselben direct und anders als auf dem
Wege der Muthmaßung durch die Inschriften der Thoncylinder
aufzudecken; auf welche indessen unsere einzige Hoffnung ge=
baut ist.

Was den Geist dieser Religionsform angeht, so sieht man, daß
die Einzelnheiten wie das Ganze durchaus kein wildes Spiel der
Phantasie genannt werden können; im Gegentheil, es ist eine
von den ruhigsten, wohl überlegtesten der alten Theogonien;
eigentliche Mythologie ist fast gar nicht darin, man kann sehen,
daß man in der Verwandtschaft sowohl des Parsismus, als des
ganz von Mythologie und Poesie der Religion entblößten Ebräer=
volkes sich befindet. Und daß es ein reiner Himmelscultus ist,
während .fast sämmtliche andere Völker sich zu der allgemeinen
Naturvergötterung neigen, ist ebenfalls ein Zeichen des semitischen
Geistes, der vor der Naturanbetung, namentlich der irdischen Na=
tur, einen Abscheu hat.

Aus diesem Religionssystem nun ist die Horoskopie hervor=
gegangen. Die Grundidee war, daß derjenige Planetgott, der
zuerst oder wohl in der ersten astrologischen Stunde (= 2 bür=
gerlichen) über den Neugeborenen aufging, sein Planet war, der
ihm zugetheilte oder ihn in Schutz nehmende Gott, der über sei=
nen Lebenslauf präsidirte. Im Vorübergehen bemerke ich, daß
dieses vom Standpunkt der damaligen Ideen ganz richtig gedacht
war; von Osten her kommt alles Gute und Große, Licht und

2*

Macht; der Osten ist der Anfang des Tageslaufes, so bezeichnet er auch, siderisch, den Anfang des Lebenslaufs.

Man ersieht an der Form dieser Grundidee, daß der Geist der ältesten Horoskopie ein anderer war als derjenige der späteren und modernen. Letztere betrachtete den Himmel, speciell den Zodiak, als eine große Hieroglyphe, in welcher jedem Neugeborenen, gleich bei seinem Eintritt in die Welt, seine Schicksale beschrieben stehen, sein Lebenslauf ist bloß die Erfüllung dieser „Nativität“. — Also: geschrieben, ein Buch, ein todtes Wesen. Bei den Chaldäern dagegen waren es lebendige Wesen, Gottheiten, die fortwährend das Leben der Menschen regierten und lenkten. Es war bei ihnen keine absolute Prädestination. Etwas von diesem Geist hat freilich die moderne Astrologie behalten, indem sie auf Augenblicks-Horoskope Werth legte, den momentanen Constellationen Einfluß zuschrieb. Schiller hat von diesen letzteren in den astrologischen Scenen des Wallenstein (W.'s Tod, I. Akt, 1. Scene; und V. Akt, 5. Scene) einen meisterhaften Gebrauch gemacht, der beweist, daß er es nicht verschmäht hat, seinem Meisterwerke zu Liebe sich ziemlich tief mit der Astrologie einzulassen. Uebrigens ist auch diese lebendige Auffassung viel poetischer, als die starre, todte „Nativität“.⁵)

Kehren wir zu dem Ursprung der Astrologie zurück. Zu der dargelegten Grundidee derselben muß sich bald der Gedanke gesellt haben, daß, wenn auch einer der Götter der specielle Schutzgott des Geborenen sei und sein Leben regiere, doch die anderen dabei nicht müßig seien, daß seine Macht durch das Mitwirken oder Entgegenarbeiten der anderen verstärkt oder geschwächt werden könne. Die anderen sind also mit in Betracht zu nehmen. Bei ihnen muß ihr relativer Stand zu dem Geburtsplaneten maßgebend sein. Dieses ergiebt die in der Astrologie immer entscheidend gebliebenen „Aspekte“ (Scheine). Die Disposition der-

elben war ganz rationell. Die Conjunktion, das Zusammen=
treffen in einer astrologischen Stunde (Hause), deutete natürlich
auf gemeinschaftliches Wirken, resp. auf Abschwächung oder Auf=
hören der Feindschaft zwischen sonst feindlichen Planeten. Also
mußte die Opposition das Entgegengesetzte sein, auch sonst be=
freundete Planeten in Feinde verwandeln können. — Indessen
stehen die Gestirne oft in anderem Standverhältniß, als eben
Conjunktiou oder Opposition; auch den anderen „Aspekten" mußte
daher ein Charakter beigelegt werden, dessen Wirkung freilich
schwächer sei, als die der beiden Hauptaspekte. Auf die Zwei=
theilung des Kreises folgte die Dreitheilung (aspectus trigonus),
wo sie ohngefähr um ein Drittel des Kreises von einander ste=
hen; diese wird, sehr natürlich, des Charakters der Conjunktion
theilhaftig, der Freundschaft. Auf die Dreitheilung folgt der
Quadrantaspekt, verwandt mit der Opposition und feindlich.[6])
Hierzu ist schließlich, vielleicht in späterer Zeit, noch der Sechs=
telschein (aspectus sextilis), mit dem trigonalen charakterver=
wandt, aber der schwächste von allen, hinzugekommen. Es stimmt
also auch überein mit der alten Zahlensymbolik, in welcher die
unebenen Zahlen die guten, die ebenen die bösen sind.

An diese Idee schloß sich folgerichtig eine andere an, näm=
lich daß, so wie der relative Stand der Sterne ihr Zusammen=
oder Entgegenwirken bedinge, so ihr absoluter Stand Einfluß auf
ihre Macht habe. Auch hier war die Disposition richtig gedacht:
das Zenith allein konnte es nicht sein, denn der Osten (ascendens) war der wichtigste Ort und konnte nicht als Stelle der
Schwäche erscheinen. So entstanden, in Einklang mit den vier
Cardinalpunkten des Horizonts, die 4 Cardinalpunkte des örtli=
chen Aequators, die Machtstellungen: Osten, Nadir, Westen, Ze=
nith, Anfangspunkte des 1., 4., 7. und 10. der nachzumeldenden
Häuser, die dadurch Cardinalhäuser wurden. Die Schwäche=

ftellen kommen in der Mitte zwischen denfelben, find alfo die Mittelpunkte der „fallenden Häufer" (domus cadentes) 2, 5, 8, 11. — Man erinnert fich aus der angezogenen Scene des Wallenftein der Stelle: „Saturn unfchädlich, machtlos, in cadente domo.".

Ich darf von den Planeten nicht fcheiden, ohne ihre Rangordnung erörtert zu haben. Sie ist uns nur aus Aegypten her bekannt; es ist aber kein Grund, um anzunehmen, daß diefe eine andere als die babylonifche gewefen fei. Sie ist die ptolemäifche, die fich bekanntlich von der copernicanifchen nur dadurch unterfcheidet, daß an die Stelle der Erde die Sonne tritt, und nach dem Mercur noch der Mond als letzter (refp. erster) Planet folgt. Diefe fcheint alfo vor, lange vor Ptolemäus bekannt gewefen zu fein. Allein es ist möglich, daß die alte aftrologifche Reihenfolge mit der aftronomifch=fyftematifchen durch Zufall zufammengefallen fei. Fängt man die Reihe mit der Sonne an, fo wird fie diefe: die Sonne mit Venus und Merkur; der Mond mit Saturn, Jupiter und Mars; — alfo die Sonne mit den beiden ihr Unterworfenen, die fich nie weit von ihr entfernen dürfen; dann die unabhängigen Geftirne, unter Anführung des zweiten Hauptlichts, und zwar alle fo geordnet, daß Freunde und Feinde jedesmal abwechfeln.

Die Jahresplaneten, die noch heutzutage in einigen Kalendern angegeben werden, folgen diefer Ordnung, die Monatsplaneten einer anderen, wegen der Zodiakszeichen. — Mit derfelben hängt aber die aftrologifch=religiöfe Bezeichnung der fieben Tage der Woche auf eine eigenthümliche Weife zufammen. Es waren nämlich die fämmtlichen 7×24 gewöhnlichen Stunden der ganzen Woche den Planeten untergeordnet in der angegebenen Reihe, die Sonne mit Venus und Merkur, der Mond mit Saturn, Jupiter und Mars. Die erste Stunde des erften Tages kommt auf

die Sonne, mithin auch die 22ste, und mithin die erste Stunde
des zweiten Tages auf den Mond, den vierten der Planeten. Auf
diesen also auch die 22ste, und also die erste Stunde des dritten
Tages auf den siebenten Planeten, Mars. Und so weiter die
anderen Tage. — Es scheint hieraus hervorzugehen, daß die Pla-
netisirung der Stunden älter war, oder für wichtiger gehalten
wurde, als diejenige der Tage.

Als die Horoskopie anfing, sich von ihrem ursprünglichen
einfachen Geiste zu entfernen, und, statt einer Religionswissen=
schaft, eine Prädestinations= und Prädiktionskunst zu werden, als
man auch mehr Specialität in den Weissagungen zu verlangen
anfing, kam nach und nach das Bedürfniß an Vermehrung des
astrologischen Materials; die Schicksale der Menschen und Völker
waren zu bunt, zu mannigfaltig, um mit diesen wenigen präde=
stinirenden Verhältnissen ausreichen zu können. Die Horoskopie
fing demzufolge an, erkünstelt zu werden, was sie später in noch
viel höherem Maße wurde. Immer aber blieb, auch in der Er=
künstelung, Methode und Consequenz; ganz willkürlich schritten
sie selten oder nie vorwärts, es waren immer Combinationen des
Vorhandenen und weitere Entwickelungen desselben. Die Astro=
logie braucht sich in dieser Hinsicht dem Vergleich mit anderen
Wissenschaften nicht zu entziehen.

Als eine solche Erkünstelung betrachte ich schon die Aufstel=
lung der zwölf Himmelshäuser, die in der Astrologie solch eine
bedeutende Rolle spielen. Die Veranlassung lag entweder in den
astrologischen Stunden oder in dem Zodiak. Ihr Zweck war,
wie gesagt, die Specialisirung der Vorherbestimmungen. Die
mannigfaltigen Verhältnisse des menschlichen Lebens, Gesundheit,
Besitzthum, Verwandtschaft, Ehe, Aemter, Handel, Krieg, Reisen,
und so viele andere, boten reichlich Stoff, um diese Häuser aus=
zufüllen. Wenn man Acht giebt auf die Funktionen, welche den

cardinalen Häusern zugetheilt wurden, dem ersten Hause die Per-
son selbst, dem vierten die Eltern, dem siebenten die Gattin,
dem zehnten der Fürst und das Verhältniß zu demselben (Ehren
und Aemter), so ergiebt sich schon, daß die Vertheilung nicht dem
Zufall überlassen worden ist. Den Leitfaden für die weitere
Austheilung der Funktionen gab zum Theil auch die Parallelie
mit dem ebenfalls zwölftheiligen Zodiak an. Das erste Haus,
das Haus des Aufgangs, war selbstverständlich das wichtigste, der
vielgenannte Ascendens, auch ausnehmenderweise „der Horoskop"
genannt. Das Zodiakszeichen, welches sich in demselben befand,
war eben so maaßgebend als der Planet desselben, es war „das
Zeichen des Geborenen". Es gab später noch Stoff zu mehreren
Combinationen, u. a. zu dem „Herrn des Horoskops", d. i. nicht
des ganzen Horoskops, sondern derjenige Planet, der in specieller
Verbindung stand mit dem Zodiakszeichen des Ascendents.

Weil die Häuser, wie gesagt, ein so maaßgebender Theil der
Horoskopie waren oder wurden, eben so wichtig wie die Aspekte,
so mögen einige litterarische Notizen über dieselben einen Platz
finden. Ursprünglich sind sie, glaube ich, die astrologischen Stunden gewesen, und der Begriff und Name von Häusern ist von
dem Zodiak auf dieselben übergebracht; denn dieser heißt im Ara-
bischen: „der Kreis der Paläste", in welchen nämlich die Sonne
und die anderen Sterngötter der Reihe nach wohnen.[7]) Jedenfalls stehen sie mit dem Zodiak in Parallelie und enger Verbindung; jener ist der bewegliche, täglich umlaufende, dieser der feste,
stehende „Kreis der Häuser", dieser der irdische und der locale,
jener der himmlische und der allgemeine. — Sphärisch entstehen
die Häuser durch 6 große Kreise, die sich alle in den Polen des
Horizonts schneiden (Horizont und Meridian sind selber zwei).
Die astrologischen Handbücher enthalten, zur Bestimmung derselben, ausführliche, auf mehrere Breiten berechnete Tafeln; im

Alterthum wurden sie wohl nur auf dem Wege der Construktion bestimmt, vermittelst des circulus positionis, der noch im vorigen Jahrhundert bei den Himmelsgloben geliefert wurde. Es war ein beweglicher, messingener Halbkreis, der an den Polen des Horizonts befestigt wurde, und dessen Elevation man in dem im Zenith angeschraubten Verticalcirkel, oder wohl an dem Aequator ablas, in welchem letzteren Fall es ungleichgroße Häuser abgab. Auch die Neueren bedienten sich desselben, wenn es nicht auf Minutengenauigkeit ankam. — In den „Nativitätsschemen" wurden die Häuser graphisch dargestellt durch eine Figur wie die nebenstehende. In jedem Dreieck wurde der Grad der Ekliptik, mit welchem das Haus anfing (die „cuspides domorum") und der Planet, der sich in demselben befand, verzeichnet; in das Quadrat in der Mitte schrieb man den Namen und die Zeit der Geburt.

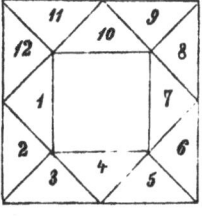

Diese Figur ist indessen wohl zu unterscheiden von der Planeten- oder Aspektentafel, welche Schiller a. a. O. seinen Seni benützen läßt, dem technisch sogenannten „Astrologenspiegel, speculum astrologorum". Derselbe hatte gewöhnlich die Form der umstehenden Figur. In die oberste Reihe stellte man die Zodiakszeichen; in die folgenden die Planeten mit ihren Aspekten, sowie die Mondsknoten, das große Glückszeichen (die ich später näher erklären werde), und die cardinalen Häuser; in die letzte Reihe rechts den genauen Ort der Planeten in Graden und Minuten; die Figur diente, um die Aspekten, die man beim Ausarbeiten eines Horoskops fortwährend nöthig hatte, immer bei der Hand zu haben. Vielbeschäftigte Astrologen hatten eine oder mehr solcher Tafeln, bloß mit den Zodiakszeichen bemalt; auf denselben verzeichneten sie mit Kreide die Planeten des vorhaben-

♈	♉	♊	♋	♌	♍	♎	♏	♐	♑	♒	♓	
			•	☍				✱		☉		13°
	☍			△	□	✱		♀		✱		
	△			☍			△	✱		☿		
	□				☽			□				
	♄			✱	□	△		☍		△		
	✱			♃		✱		△				
	△			✱		♂		✱		△		
				☊						☊		
				FM.								
	IV			VII				X		I		

ben Horoſkops. Man wird ſehen, daß ich beim Aufſtellen der Figur Rückſicht genommen habe auf den von Schiller angegebe= nen Planetenſtand. Derſelbe iſt übrigens nicht hiſtoriſch. Venus war im Januar und Februar 1625 wohl in ihrem größten Glanz, aber als Abendſtern. Der ohngefähre Stand der Pla= neten am 30. Januar war: ☉ in ♒ 13°; ♀ in ♓ 15°; ☿ in ♓ 5°; ☽ in ♒; ♄ in ♌ 25°; ♃ in ♌ 1°; ♂ in ♐ 20°; ☊ in ♍ 25°.

Weniger Erkünſtelung als in den Häuſern lag darin, daß dem Zodiak und ſeinen Zeichen eine horoſkopiſche Bedeutung zu= geſchrieben wurde. Hing von dem Stand der Sonne in dem= ſelben die ganze Natur ab, ſo war der Gedanke natürlich (immer vom aſtrologiſchen Standpunkte aus gerechnet), daß auch der Menſch und ſein Schickſal von demſelben nicht unberührt bleiben konnte. Der Stoff, um jedem Zeichen einen eigenen Charakter beizulegen, fand sich theils in dem verschiedenen meteorologischen Einfluß der Sonne in den verschiedenen Zeichen, theils in der Form, in welche man die in den Zeichen sich befindenden Sterne gruppirte. Auf die astrologische Thätigkeit der Planeten übten sie einen modificirenden und specialisirenden Einfluß. In Verbindung mit den Häusern hatten die Zeichen, die in denselben standen, ebenso wie die Planeten, speciellen Einfluß auf die Gegenstände und Lebensbegebnisse, welche die Häuser regierten. Die größte Bedeutung hatte natürlich dasjenige Zeichen, welches sich „im Horoskop" befand, d. i. über den Neugeborenen aufging; es war sein Zeichen, so wie der dort befindliche Planet sein Planet war.

Dann vertheilte man, wohl später, die Zeichen unter die Planeten (wobei Sonne und Mond je nur ein Zeichen bekamen); dadurch bekam jeder Planet sein „eigenes Zeichen". Sehr natürlich war es, daß die Sonne das Zeichen des Löwen erhielt, in welchem sie in ihrer größten meteorologischen Kraft ist. Indem aber für die anderen kein derartiger Grund vorlag, so folgten sie in ihrer astrologischen Ordnung; nur erstens neben und vor der Sonne der Mond, nach der Sonne aber Merkur, und so abwärts bis zum Saturn, der, mit seiner geglaubten Natur übereinstimmend, die kalten Zeichen des Wassermanns und der Fische bekam. Und von da wieder aufwärts bis zu Merkurs zweitem Zeichen, den Zwillingen. Wahrscheinlich ist, um dies im Vorübergehen zu bemerken, die römische Widmung der drei hinter einander folgenden Monate März, April und Mai an Mars, Venus und Merkur noch auf diesen orientalischen Ursprung zurückzuführen.

Durch die Combination mit den Häusern bekam auch jeder Planet, in jeder Nativität, sein „eigenes Haus", d. i. dasjenige Haus, in welchem sein Zeichen stand. Natürlich war der Herr

des erften Haufes, der „Herr des Afcendents", der für fo wichtig
gehalten wurde, in diefer Beziehung der mächtigfte. Dann wa=
ren die Zeichen, an und für fich, auch noch auffteigende oder nie=
dergehende, was eine neue Qualität abgab.

Wie wichtig der Stand des Zodiaks, fowohl im Allgemei=
nen als namentlich im Afcendenten gehalten wurde, geht daraus
hervor, daß fpäter die Araber jedes Zeichen noch befonders in
drei Theile eintheilten und die Theile mit eigenen Namen beleg=
ten, was fpäter unfere Aftrologen beibehielten, fo daß ein Kind
nicht bloß unter Aries oder Taurus, fondern fpeciell auch unter
Almacha, Albokaina u. f. w. geboren zu fein gefagt wurde. Na=
mentlich hieraus erklärt es fich, warum es zum Stellen eines
Horoffops nothwendig war, die Zeit der Geburt genau zu wif=
fen; 40 Minuten Zeit giebt ja fchon einen diefer Theile.

Daß man, neben dem Stand der Planeten in Zeichen oder
Haus, auch horoffopifchen Werth legte auf ihre Bewegung, fchnel=
ler oder langfamer, rechtläufig oder rückläufig, war noch ganz im
Einklang mit dem urfprünglichen Geift des Syftems, nach wel=
chem ihr Lauf ihr Leben war.

Von ganz anderer Natur find zwei noch zu betrachtende
aftrologifche Hauptfaktoren, die ich oben fchon im Vorübergehen
genannt habe, nämlich die Mondsknoten und das große Glücks=
zeichen. Die Mondsknoten, aftrologifch der Kopf und der
Schwanz des Drachen, find bekanntlich diejenigen zwei Punkte
am Himmel, wo fich die fcheinbaren Wege der Sonne und des
Mondes fchneiden. In den Augen der Chaldäer alfo die Punkte,
wo das Leben der beiden Hauptgötter fich zufammengiebt, wo der
Bel mit der Beltis zufammenkommt (bekanntlich durchaus nicht
allmonatlich), das eheliche Bette am Himmel; — bei Weitem die
allerwichtigften Punkte der Ekliptik. Kein Wunder, daß denfel=
ben großes aftrologifches Gewicht zugelegt wurde, daß fie mit den

Planeten gleich geachtet wurden. Sie sind schon sehr frühzeitig bekannt gewesen, waren übrigens auch nicht schwer zu entdecken, und gaben, da ihr Fortrücken beinahe 20° im Jahre beträgt, ein wohl etwas schwerfälliges (in dieser Hinsicht zwischen Jupiter und Saturn), aber doch lebendes, astrologisch brauchbares Material ab.

Von verwandter Natur war das große Glückszeichen, Fortuna maior. Es entsteht aus einer hier nicht weiter zu beschreibenden Combination des Verhältnisses von Sonne und Mond (ihrer Distanz) mit dem Ascendenten, dem eigentlichen Geburtsfaktor, also der wichtigsten Theile des ganzen Horoskops; zugleich ein sehr beweglicher Faktor. Es brachte Glück auf das Haus, das ist, auf die Kategorie von Lebensbegebnissen, in welches es fiel, Macht an den Planeten, mit welchem es zusammentraf. — Daß beiden, Mondsknoten und Glückszeichen, obgleich mit den Planeten gleichgestellt, keine aktiven Aspekte (den ersteren gar keine) zugeschrieben wurden, war ganz richtig gedacht; nur die Planeten, die Geister, können Blicke werfen, nicht ideelle Punkte.

Was die Firsterne anbetrifft, so ist zu vermuthen, daß die Chaldäer denselben nur wenig Einfluß, und gewiß nicht in dem Sinne wie den Planeten, zugeschrieben haben; denn die ausschließlich hohe Dignität der letzteren war auf eine Eigenschaft gegründet, welche jenen ganz abging. Höchstens konnten diejenigen unter denselben, deren Aufgang mit dem Wechsel der Jahreszeiten oder der Witterung gleichzeitig fiel, aus diesem meteorologischen Grund ein Vorrecht vor den anderen bekommen. — Bei den Arabern aber war das alte, religiöse Princip der Horoskopie längst vergessen; diese haben den größeren, den sogenannten „königlichen" Firsternen ziemliche Aufmerksamkeit geschenkt, namentlich denjenigen, die sich im Zodiak befinden. Daß sie den bedeutenderen Firsternen überhaupt Namen beilegten, ist bekannt;

wir haben viele derselben verlassen und dafür classische angenommen. Das Wichtigste war, wenn sie im Horoskop oder in den anderen drei cardinalen Häusern standen; dann auch ihre Conjunktion mit den Planeten (bis zu den anderen Aspekten mit diesen ging man nicht, und unter einander waren sie unveränderlichen Standes, also ihr relativer Stand ohne Bedeutung). Neben den Namen haben die Araber auch Zeichen für dieselben ausgedacht, von ganz seltsamer Form; kein Wunder, daß das Mittelalter dieselben für Zauberzeichen ansah. — Sie sowohl als unsere Späteren legten sich übrigens darauf, aus den gegebenen neue Combinationen zu suchen, daraus noch neue Faktoren zu bilden, und hauptsächlich die relative Macht der Planeten in einem beliebigen Horoskop zu bestimmen. Wir dürfen aber auf jene nicht weiter eingehen. Unser Zweck war bloß, indem wir die Frage nach dem Ursprung der Astrologie lösten, zugleich zu zeigen, daß ihre Entwickelung eine regelmäßige und methodische war, daß sie in dieser Hinsicht sich mit mancher anderen Wissenschaft messen konnte.

Und dennoch baarer Unsinn, wird Mancher sagen. Von unserem Standpunkt aus, gewiß. Es ist auch noch so viel Anderes, was uns von den Alten überkommen und noch nicht wie die Astrologie todt und begraben ist, von diesem unserem Standpunkt, baarer Unsinn. Aber nicht von ihrem Standpunkt, von dem Glauben aus, daß der Himmel mit der Erde, die Sterne mit den Schicksalen der Menschen mystisch verbunden seien. Nur von diesem Standpunkt aus darf der innere Werth der Arbeit beurtheilt werden. Da die Astrologie auch einer der Wetzsteine gewesen, an welchen der menschliche Geist sich geschliffen hat, so ist es uns eine eben so überraschende als erfreuliche Entdeckung, daß er auch hier seiner würdig geblieben, daß er nicht bloß scharfsinnig, sondern auch folgerichtig und rationell

gearbeitet hat. Auch hier lohnt es sich: „nichts, was menschlich
ist, von sich zu entfremden."

Noch etwas Anderes. Die Astrologie gehört eigentlich in
die Religionsgeschichte, die Geschichte der „Wandelungen und
Wanderungen" religiöser Begriffe. Sie nimmt darin eine ganz
merkwürdige Stelle ein. Unbezweifelt war der Sabäismus eine
der edleren unter den vielen Gestalten, die sich aus dem dem
Menschen eigenen „Verehrungstrieb" entwickelt haben. Man darf
denselben nur mit anderen Formen des Polytheismus vergleichen.
Er stand dem Lichtcultus sehr nahe, war eine greifbare und in=
dividualisirte Form desselben. Es muß eine ziemlich hohe Cul=
tur gewesen sein, die diese Religionsgestalt getragen hat.

Von allen Religionen aber hat er das seltsamste Geschick
oder wohl Mißgeschick gehabt; seine „Wandelung" ist eine ganz
absonderliche gewesen. Das fällt namentlich in die Augen bei
Vergleichung mit dem Lauf der geographisch und auch innerlich
nächst benachbarten Culten. Unmittelbar links lag der semitische
Monotheismus; anfangs sehr wenig zahlreich, wenn auch die
ebräische Ueberlieferung, daß er sich nur auf e i n e Familie be
schränkt habe, nicht in voller Strenge zu nehmen ist, ist er nach
und nach die mächtigste von allen Religionsformen geworden,
die die ganze westliche Welt, die christliche und die muhameda=
nische, eingenommen hat, zudem Träger der ganzen modernen
Bildung. — Rechts lag der persische Dualismus, der, nachdem
er lange genug sich eines sehr respectablen Umfanges erfreut, jetzt
nur noch auf Familien beschränkt ist, die in ihrem eigenen Hei=
mathslande Fremde sind. — Zwischen den beiden eingekeilt der
Sabäismus, halb semitisch, halb arisch. In seiner einfachsten
Form, die wahrscheinlich die ursprüngliche war, ist er vermuth=
lich zahlreich genug gewesen, jetzt sind seine Ueberreste kaum noch
auffindbar. Aber sein wissenschaftlicher, cultivirter Theil hat sich

von seiner religiösen Basis losgelöst, eine Erscheinung, die wohl
bei keiner anderen Religion vorkommt, und hat in dieser Form
ein auffallend zähes Leben gehabt, zwar in Mysterienform und
nur von Hierodulen gepflegt, aber vom Volke geglaubt und ver-
ehrt; er hat sich hingewunden durch Griechen, Muhamedaner,
Juden, Christen, bis weit in die geschichtliche Neuzeit hinein,
nachdem sein Stammvolk schon längst verschwunden und seine ältesten Urkunden in den Ruinen von Babylon und Niniveh begraben. Fürwahr, eine der merkwürdigsten unter den Wandelungen der religiösen Begriffe!

Die andere Frage war, wie es möglich sei, daß die civili-
sirte Menschheit, auch nach dem Aufschwung der Wissenschaften
nach dem Mittelalter, bei dem riesigen Fortschritt der Aufklärung,
doch der Astrologie noch so lange Zeit hindurch so viel Glauben hat schenken können. Sind doch die bedeutendsten der modernen Schriften über Astrologie gerade in dieser Periode ver-
faßt, von Agrippa von Nettesheim († 1535), Nostradamus
(† 1566), Cardanus († 1578); es ist die Blüthezeit der europäischen (oder christlichen) Astrologie.

Man kann sich leichten Kaufs davon machen, wenn man
hinweist, einestheils auf die Macht des Aberglaubens, anderer-
seits auf die Sucht der Menschen, in der Zukunft zu lesen. Allein, wenn man sieht, daß auch Männer wie Kepler und Brahe
in der Astrologie befangen waren, da begreift man doch, daß
wenigstens die Geschichte des menschlichen Geistes sich nicht mit
einer so billigen Antwort zufrieden geben kann.

Selbst wenn man von den Laien (in der Astrologie nämlich) noch absehen wollte — haben wir doch noch selbst in unserer Lebzeit hohe Häupter, die sonst zu den aufgeklärtesten gerechnet wurden, in diesem Garn gefangen gesehen — aber wie ist
es möglich, daß die Adepten selbst nicht irre an ihrer Kunst ge-

worden sind? Sind sie nicht sämmtlich Betrüger gewesen, die, wie Cicero's Auguren, einander nicht ohne zu lächeln begegnen konnten? Gewiß nicht. Das sieht man schon an dem Ton ihrer Schriften, der überzeugungsvoll und ernst, auch nicht quacksalbe= risch (wenigstens nicht mehr als bei Anderen) ist.

Die Schlüssel sind diese:

Erstens der damals, sowohl bei den Christen als bei den Muhammedanern, allgemeine Glaube an die absolute Vorherbe= stimmung aller Dinge; und zwar nicht eine causalistische, durch die Verkettung der natürlichen Ursachen bedingte sondern eine rein theologische oder philosophische. An dieser zu zweifeln, wurde damals für gottlos gehalten. Sie ist aber das Substrat der Astrologie, sie ermöglicht ihre Wirklichkeit.

Zweitens die Idee, daß der Himmel mit der Erde in ge= wisser mysteriöser Verbindung stehe, ein Gedanke, zu welchem sich die damalige mystische Zeit wohl sehr hingeneigt haben muß. Wohl haben wir im Anfang dargethan, daß die Astrologie aus derselben ihren Ursprung nicht gehabt haben kann, aber, einmal da, so ist der Glaube an dieselbe gewiß durch diese Meinung ge= nährt worden, zumal da die Astrologie sich nicht auf das Fest= stehende, sondern auf das Wandelbare am Himmel bezog.

Drittens nahm die Kirche selbst die Realität der Astrologie indirekt in Schutz durch die Verbote und durch die Behauptung, daß man mit Hülfe des Teufels die Zukunft auf astrologischem Wege vorhersehen könne. Es wurde dem Pico da Mirandola als eine von seinen vielen Ketzereien angerechnet, er wurde richtig auch deshalb für ungläubig gehalten, weil er den Glauben an die Sterndeuterei angriff. Es stand mit der Astrologie vollkommen so, wie mit der Zauberei, deren Wirklichkeit ausdrücklich in der Bibel anerkannt wird. Dies Letztere gilt besonders für die Protestanten; es war nicht bloß die Autorität der Kirche, sondern auch die da= malige Form der Frömmigkeit, welche die Astrologie schützte.

Viertens war die Form derselben, statt einen Mann der Wissenschaft abzuschrecken, vielmehr geeignet, ihn anzuziehen. Sie war methodisch und folgerichtig, mehr als damals manche andere Wissenschaft. Dabei auch constanter, nicht jenem fortwährenden Systemwechsel unterworfen, der, wie z. B. in der Philosophie, Einen oft in Verzweiflung bringt; dabei ein ruhiges, friedliches Studium, ohne die für den stillen Forscher so ekelhaften Partei-controversen.

Daß sie eine reine Autoritätswissenschaft war, was unsere Zeiten nicht dulden, war damals im Gegentheil eine Empfehlung, ganz im Einklang mit dem Geist aller Wissenschaften. Alle, auch diejenigen, die doch nothwendig von Empirie ausgehen mußten, schworen damals bei den Worten irgend eines Meisters, wäre es Aristoteles oder Plato, Galenus oder Ptolemäus.

Ungeheuerlichkeiten enthielt die Astrologie eigentlich gar keine. Solche fanden sich viel mehr in anderen Wissenschaften. Namentlich fanden die Mediciner sie zahlreich in ihren Pharmakopöen. Im Vergleich mit dieser sammt Physiologie und Nosologie, war die Astrologie engelrein.

Viel mehr Gewicht müssen, nach der damaligen Denkweise, die religiösen Beschwerden gegen die Astrologie gehabt haben. Sie war ja, im allereigentlichsten Sinn, eine heidnische, eine abgötterische Kunst, nicht eben deshalb, weil man sie von Heiden, respective Muhammedanern überkommen hatte, sondern weil die Planeten babylonische Götter waren, und der ganze Glauben an ihren Einfluß von dieser Religion ausgegangen war. — Allein, dieser historische Ursprung der Astrologie war damals ganz vergessen; erst in viel späteren Zeiten ist die Wissenschaft wieder darauf aufmerksam geworden, und das babylonische Religionssystem ist selbst noch heute weit davon entfernt, ganz aufgeklärt zu sein. Auch die Beziehung zu den Göttern der Griechen und Römer, die bei den Alexandrinern vielleicht noch eine lebendige gewesen

sein mag, war unter den Händen der Araber schon längst eine
todte und vergessene geworden; es waren einfach Namen der Pla=
neten geworden, die höchstens den Charakter derselben ausdrück=
ten, weiter aber zu jenen Göttern in keiner Verbindung standen.

Und was die kirchliche Beschwerde angeht, daß die Astrologie
nur vermittelst Hülfe des Teufels geübt werden könne, so habe
ich oben schon gesagt, auf welche Weise wenigstens die späteren
Casuisten diese Beschwerde zum Theil umgingen. Was aber mehr
ist: der Astrolog hatte in seiner Praxis selbst den Beweis, daß
seine Kunst nichts mit dem Teufel gemein hatte; nirgends ist in
derselben etwas darauf Hinzeigendes anzutreffen, weder ausdrück=
lich noch indirekt, ebensowenig als etwas Immoralisches oder Ir=
religiöses, öfters vielmehr das Gegentheil. Und statt daß eine
„Anrufung des Teufels" oder auch der „Geister", wie bei ande=
ren „geheimen Wissenschaften",[8] bei der astrologischen Arbeit
üblich gewesen oder nothwendig geachtet, ist es im Gegentheil
sehr möglich, daß es Astrologen gegeben habe, die dieselbe mit
Gebet angefangen haben, der Geist der Astrologie neigt sich viel
mehr zu diesem als zu jenem; bei Melanchthon würde es so sehr
fern nicht gelegen haben.

Das Einzige, was die Astrologen selbst irre an ihrer Wis=
senschaft hätte machen können, war das häufige Fehlschlagen ih=
rer Weissagungen. Allein, dasselbe muß den damaligen Astro=
logo=Medicinern in ihrer ärztlichen Praxis, bei dem Zustand der
drei genannten Hauptzweige der Medicin wohl eben so häufig
vorgekommen sein. Für beide Fälle hatten sie denselben oder
ähnlichen Trost; Cardanus sagt, „wenn seine Vorhersagungen
fehlgingen, so sei das nicht die Schuld der Wissenschaft, sondern
die seinige, daß er die Wissenschaft nicht genug kenne, oder in
ihrer Anwendung gefehlt haben müsse."

Und namentlich trösteten sie sich mit den Erfolgen, die sie
doch auch mitunter, in beiden Theilen, durch ihre Kunst errun=

gen, wenigstens durch dieselbe errungen zu haben glaubten. In beiden war diese Quacksalberei damals gäng und gäbe. Wenn Cardanus in seiner Selbstbiographie (in vita propria cap. 40) sehr darauf rühmt, daß er 180 Patienten geheilt (er war 50 Jahre lang Doktor der Medicin), und 40 dieser Curen speciell als glänzende beschreibt, so hat er gewiß in seiner astrologischen Praxis deren ebensoviele gehabt, die ihn in seinem Glauben an diesen Theil seiner Kenntnisse bestärkten.

Denn es kommt in dieser Beziehung noch etwas Eigenthüm= liches aus der Astrologie selbst hinzu. Man hat oben gesehen, wie viele ihre Faktoren sind (und ich habe sie nicht alle genannt); man berechne nun die Anzahl der Combinationen, die jede eine Weissagung abgeben können. Wie weit dieses trägt, werde ich zum Beschluß mit meiner eigenen Erfahrung belegen. — Nur einmal habe ich mir die Mühe geben wollen, eine Nativität so vollständig auszuarbeiten, als mir mit damals in meinem Be= reich befindlichen Quellen erster Autorität möglich war. Es war eine saure Arbeit von mehreren angestrengten Wochen, die ich nicht zum zweiten Male anfange. Man erwartet wohl, daß es meine eigene war. — Ich erwarte hier einen Tadel von meinem Leser, er erlaube mir deshalb einen Seitenschritt; Tadel, eben nicht wegen nutzlos vergeudeter Zeit, darüber sind wir, hoffe ich, hinaus, sondern wegen Unvorsichtigkeit. Ich wünsche demselben vorzubeugen. Ueber meinen Tod habe ich keine Berechnung an= gestellt; und das möchte ich auch einem jeden rathen, der je, aus Spaß, sich ein Horoskop möchte stellen lassen. Wenn auch die Stärke des Geistes zu denjenigen Besitzthümern gehört, die uns allereigenst sind, so wie sie von allen Besitzthümern eines der kostbarsten ist, so ist doch auch dieses Besitzes Niemand ganz vollkommen gewiß. Auch der Stärkste kann, eine Zeit lang und mitunter auf lange Zeit, seiner Kraft verlustig gehen, sei es durch äußere Umstände, sei es durch jene gewaltige, unwiderstehliche

Macht, welche der niedrigste, der vegetative Theil unseres körper-
lichen Innern auf den höchsten, den geistigen ausüben kann; auch
der Geisteskräftigste kann schwach, furchtsam, abergläubisch werden.

Uebrigens, die astrologische Wissenschaft selbst hat dafür ge-
sorgt, daß diese Gefahr so leicht nicht vorkommen kann. Es ist,
wenigstens in der späteren Astrologie, eines der schwierigsten
Probleme, die Lebensdauer zu bestimmen, es hängt von so vielen
Faktoren ab, die Rechnung wird von so vielen Mächten durch-
kreuzt, daß es immer nur Wahrscheinlichkeit bleibt. Wohl können mehrere der leichter zu bestimmenden Faktoren oft von Le-
bensgefahr sprechen, von sehr großer Gefahr, aber weiter gehen
diese auch nicht.

Auch hier hat Schiller wiederum das Rechte getroffen, sei
es nun, daß er sich so tief mit der Astrologie eingelassen, sei es,
daß er nur aus Intuition handelte. Es ist aus dem Lauf des
Ganzen offenbar, daß Seni dem Wallenstein die Zeit seines To-
des nie vorher bestimmt hat. Aber wohl kann er ihn warnen,
daß „die Zeichen grausenhaft stehen", daß ihm „von falschen
Freunden nahes Unglück droht".

Daß es mit Absicht so gemacht sei, will ich deshalb nicht
bestimmt sagen, weil die Todesfaktoren und ihre Wirkung im-
merhin vom astrologischen Standpunkt aus rationell und den
Regeln gemäß sind. Hat Absicht vorgewaltet, so ist es wohl
diese gewesen, die praktischen Astrologen zu warnen, daß sie sich
nicht abgeben sollten mit Vorherbestimmungen, die so sehr dem
Fehlschlagen unterworfen waren, von welchen auf eine wohlge-
glückte gewiß 20 verunglückte kommen mußten. Mehrmals warnen sie ausdrücklich gegen diese Berechnung, und zwar mitunter
aus einem Grund, der Manchem sonderbar klingen wird, für
Denjenigen aber, der mit dem Geist der astrologischen Schriften
bekannt ist, nichts Befremdendes hat, nämlich: „weil Gott allein
der Herr von Leben und Tod ist, nicht die Sterne".

Ich kehre zu meinem Horoskop zurück. Es sind jetzt beinahe 40 Jahre her. Hinsichtlich der Vergangenheit könnte Täuschung stattfinden, man findet leicht, was man sucht, besonders in einer nicht ganz bestimmten, etwas allgemein gehaltenen Sprache. Nicht hinsichtlich der Zukunft. Was ist nun das Resultat der Probe? — Nun, ich kann in der That alle Begegnisse meines nicht ganz unbewegten Lebens, mehr oder weniger deutlich, darin wiederfinden. — Allein, wenn die Erfüllung noch vollständig werden muß und sie nicht schneller vor sich geht als bis jetzt, so habe ich gegründete Hoffnung, Methusala's Alter zu erreichen. Was mehr ist . . . wenn auch das Ungeheuerlichste und das Entsetzlichste über mich kommen sollte, wenn — wenn — si fractus illabatur orbis, das ist, „wenn mir auch die Planeten selbst vom Himmel auf den Kopf fallen sollten," impavidum ferient, b. i. „ich bin auf Alles gefaßt", ich hab' es vorher gewußt, „es stand geschrieben!"

An eine oft vergessene logische Wahrheit möchte die Geschichte der Astrologie erinnern. Nämlich daß, wo die Prämissen falsch sind, die größte Consequenz zu dem größten Unsinn führen kann. Die Theologie hat die nämliche Erfahrung. Die Prämisse der „Autorität" — und ob der Bibel oder der Kirche resp. des Papstes, ist im Grund und im Resultat einerlei — hat noch in unseren Tagen mehrere Theologen dahin geführt, daß sie auf ganz consequentem Wege zu dem Postulate der Astrologie, dem Stillstand und der Centralstellung der Erde nach Ptolemäus, zurückkehrten.

Es ist der letzte Schlüssel, den ich zur Erklärung der gestellten Frage darreiche. Er wird Alles, was noch räthselhaft an der in Rede stehenden Erscheinung geblieben sein möchte, gänzlich verschwinden lassen:

Wenn man auf die vielen Gelehrten sieht unter den Millionen, die dieser Wissenschaft in ihrer Autoritätsform noch glauben, darf man sich da wundern, daß die Astrologie so lange, auch bei Gelehrten, Glauben gefunden hat?

Anmerkungen.

1) Daß dieser Ausdruck nicht zu stark, möge ein eigenthümlicher Beleg darthun. Jeder Fachmann weiß, welch einen enormen Aufwand von Arbeit, sowohl für die Observationen, um die Formeln zu finden, als für die Berechnungen, die Mondstafeln gekostet haben und kosten. Der Astronom, der sie berechnet, fühlt sich glücklich mit dem Gedanken, der großen Schifffahrt eine absolut unentbehrliche Hülfe geleistet, den Dank Hunderter von Schiffern, die er vor Unglück bewahrt, verdient zu haben... Die Wahrheit ist, — daß Hunderte von Schiffern ganz getrost um Cap Horn oder zwischen China und Chili fahren, ohne auch nur eine Mondsdistanz zu nehmen! Welchen wirklichen Werth muß da die Astronomie für die Schifffahrt des Mittelalters und der Alten gehabt haben?

2) Wenn auch der Pentateuch in seiner jetzigen Abfassung relativ jüngeren Ursprungs ist, so waren doch die Documente, aus welchen er zusammengesetzt wurde, sehr alt; und mit welcher gewissenhaften Treue diese alten Berichte eingetragen wurden, ist schon an den ersten Capiteln der Genesis ersichtlich. Diese Capitel können gerne noch aus Chaldäa herstammen.

3) Einen wenn auch entfernteren Beweis finde ich noch heute in dem Cultus der Drusen, deren altherkömmliche Religionsideen und Gebräuche noch zusammenhängen mit den alteinheimischen. Sie haben nämlich eine, wenn auch in tiefem Geheimniß gepflogene und gehaltene, doch nicht ganz unbekannt gebliebene Religionsfeier, deren Spuren verfolgbar sind bis in die gnostischen Sekten in den ersten Jahrhunderten unserer Zeitrechnung, nämlich den religiösen „concubitus promiscuus". Die Gnostiker hatten denselben offenbar nicht aus dem Christenthum, sondern aus dem alten Cultus dieses Landes, aus alteinheimischen Mysterien. Nun steht aber, und dieses ist hier das Maßgebende, jene drusische Feier in Verbindung mit dem Sternencultus, aber nicht mit dem Monde, sondern mit dem Abendstern; sie wird beim Wiedererscheinen desselben, oder wenn er seinen höchsten Glanz erreicht, abgehalten. Der astrologische Charakter des Planeten fällt also ganz zusammen mit dem ursprünglichen religiösen.

4) Juvenal sagt (Sat. 9 v. 569); quid sidus triste minetur Saturni; bei Lucan heißt er stella nocens, bei Properz grave sidus in omne caput. Schiller hat sich von dieser Idee mit einiger Modification bedient in der nachher noch mehrmals zu erörternden Stelle in Wallensteins Tod, 1. Scene.

5) Einen kleinen Costümfehler hat er indessen begangen, indem er Werth legt auf die Erdennähe der Venus. Hier hat er auf eigene Hand

Aftrologie getrieben. Wohl wird die Sonnennähe, nämlich wenn die Diftanz weniger als 15° ift, von den Späteren in Betracht gezogen, als „Schwäche=zeugniß" des „verbrannten" (combusti) Planeten; aber auch nur die schein=bare, sichtbare, die hinsichtlich der Erde natürlicherweise nicht stattfindet. — Gar zu spitzfindig scheint es wohl, zu behaupten, er habe den Fehler ge=kannt und denselben absichtlich nicht dem Seni, sondern dem Wallenstein in den Mund gelegt. Indessen es ist möglich, denn Wallenstein macht sich obendrein auch noch des aftronomischen Schnitzers schuldig, daß er die Venus in ihrer Erdennähe glaubt, weil sie „wie eine Sonne im Often glänzt". Sollte Schiller seinen Wallenstein als einen Dilettanten, der von der Kunst spricht, aber nur ihre Oberfläche kennt, haben charakterifiren wollen? — So hat er wohl ein heimliches Vergnügen dran gehabt, es so tief zu verstecken.

Dagegen ist es sehr gewiß irrig, wenn man es als einen solchen Fehler betrachtet, daß er Seni und Wallenstein obferviren, statt berechnen läßt, mit der Behauptung, die Aftrologen hätten sich nur der Tafeln und der Berech=nung bedient. Wo es anging, wo es nicht auf Genauigkeit bis Bogen=minuten ankam, arbeiteten sie am liebsten, namentlich in großartigen Sachen und der Feierlichkeit wegen, mit der lebendigen Obfervation, mit dem Glo=bus und dem Aftrolabium, statt mit den Tafeln. Man erfieht es an vielen Stellen ihrer Schriften, und der Schriften, in welchen sie und ihre Arbeiten vermeldet werden. Wozu sonst auch die ausdrücklich zu aftrologischen Zwecken erbauten Obfervatorien? An diesen Obfervationen begeifterten sie sich und . . . hielten ihren Nimbus im Glanz. Schiller hat ihren Geift voll=kommen begriffen und wiedergegeben. S. meinen Aufsatz im „Ausland", 1867, Nr. 7.

6) „Mars — feindlich — bald im gevierten — bald im Doppelschein." Schiller a a. O.

7) Auch das ebräische Wort Mazzaloth, das einmal im A. T. vorkommt, 2. Reg. 23, V. 5, wird von Einigen durch „Wohnungen, Stationen", nämlich des Zodiaks, übersetzt. Für die neuere Uebersetzung, Planeten, ist kaum Grund; die LXX lafen und gaben: Mazuroth; die italische: „die Zeichen".

8) Ich erinnere an die erste Scene aus dem Faust. Göthe hat übri=gens in dieser Darstellung weit mehr idealifirt als Schiller. Der so oft besprochene Unterschied zwischen den beiden großen Dichtern, realiftisch der eine, idealiftisch der andere, tritt auch in dieser kleinen Einzelheit, in dem Unterschied zwischen der nekromantischen Scene im Faust und der aftrologi=schen im Wallenstein, klar zu Tage. Daß der Aftrolog im zweiten Theil des Faust ganz phantaftisch ist und von der hiftorischen Geftalt abweicht, das liegt in der Natur dieses zweiten Theils, und ich ziehe es deshalb nicht mit in Betracht.

Druck von Gebr. Unger (Th. Grimm) in Berlin, Friedrichsftr. 24.